FeltrinelliKIDS

Antonio Tabucchi (Pisa, 1943 - Lisbona, 2012), narratore, autore di teatro, saggista, docente di Letteratura portoghese, traduttore, ha ottenuto numerosi premi e riconoscimenti in Italia e all'estero, dove i suoi libri sono stati tradotti in più di quaranta lingue. Oltre che uno degli scrittori italiani più significativi del secondo Novecento, è stato il curatore italiano dell'opera di Pessoa. Ha collaborato con riviste letterarie ("La Nouvelle Revue Française", "Lettre Internationale"...), di attualità ("MicroMega") e con i più importanti quotidiani italiani e stranieri.

Simona Mulazzani nasce a Milano, vive e lavora a Pesaro. Ha pubblicato un centinaio di libri per ragazzi sia in Italia che all'estero con le maggiori case editrici. Nel 2005 e nel 2013 ha ricevuto la Silver Medal della Society of Illustration di New York, nel 2007 il premio Città di Cento, il premio Andersen, per il miglior libro 0-6 anni nel 2008 e come miglior illustratrice nel 2016. I suoi lavori sono stati esposti in numerose mostre nazionali e internazionali. Per Feltrinelli ha illustrato *La tigre azzurra* di Nicolas Barreau (2016).

Antonio Tabucchi

BUCHETTINO

Illustrazioni di

Simona Mulazzani

Feltrinelli

Prima edizione in "Feltrinelli Kids" ottobre 2018

Progetto grafico:
Ufficio grafico Feltrinelli

Illustrazioni interne e di copertina:
Simona Mulazzani

Stampa Grafiche Busti srl, Colognola ai Colli (VR)

ISBN 978-88-07-92300-5

FSC
www.fsc.org
MISTO
Carta
da fonti gestite in
maniera responsabile
FSC® C101934

BUCHETTINO

C'era una volta un bambino piccino piccino
che si chiamava Buchettino.
Un giorno la sua mamma gli dette un soldino.
Era il primo soldino che Buchettino possedeva,
perché la sua mamma era molto povera.
E allora Buchettino si chiese: che cosa posso
comprare con questo soldino?

Si disse: ci comprerò una noce.
Ma poi pensò che era meglio di no,
perché della noce si butta via il guscio.
Allora si disse: ci comprerò una pera.
Ma poi pensò che era meglio di no,
perché della pera si butta via il torsolo.
E allora pensò di comprare un fico secco,
perché del fico secco non si butta via niente.

Comprò il fico secco e lo mangiò, ma gli restò il gambo. E allora Buchettino pensò di sotterrarlo in giardino, perché non voleva buttare via niente.

La mattina dopo, quando si svegliò,
vide che in giardino era cresciuto
un magnifico albero di fichi.
Era un albero gigantesco, carico
di fichi maturi.

Buchettino, che era molto goloso,
ci salì subito sopra e cominciò
a mangiare i fichi.

Mentre mangiava i fichi tutto contento passò l'Orco e gli disse: Buchettino, Buchettino, portami un fichino! No, rispose Buchettino, altrimenti mi metti nel sacco. E gli buttò un fico. Ma l'Orco disse: il fico è caduto nella cacca, portamelo con le tue mani. No, rispose Buchettino, altrimenti mi metti nel sacco. E gli buttò un fico. Ma l'Orco disse: il fico è caduto nella pipì, portamelo con le tue mani. Allora Buchettino si convinse e scese dall'albero con un fico fra le mani.

Ma l'Orco lo prese subito e lo mise nel sacco.
Si mise il sacco a spalle e cominciò a cantare:

Mogliera mia mogliera
metti al fuoco la caldera
che ho acchiappato Buchettin.

Però a un certo punto l'Orco dovette fermarsi perché aveva un bisognino da fare, e Buchettino svelto uscì dal sacco e lo riempì di pietre.

Poi si arrampicò sul suo albero
di fichi e si nascose fra le foglie.
L'Orco arrivò a casa cantando:

Mogliera mia mogliera
metti al fuoco la caldera
che ho acchiappato Buchettin.

La moglie dell'Orco aveva preparato
un pentolone bollente per cuocere Buchettino
e vi versò il contenuto del sacco,
ma le pietre fecero traboccare l'acqua
e la moglie dell'Orco morì ustionata.

Allora l'Orco furibondo andò di nuovo
a cercare Buchettino e gli disse: Buchettino,
caro Buchettino, dimmi come hai fatto
a salire fino in cima all'albero, perché
voglio salire anch'io a mangiare i fichi.

E Buchettino, che era molto furbo, rispose: ho messo piatti sopra piatti, pentole sopra pentole, bicchieri sopra bicchieri e mi sono arrampicato fino quassù.

L'Orco andò a casa, prese tutte le pentole
che aveva, tutti i piatti che aveva,
tutti i bicchieri che aveva, li mise uno sopra
l'altro e cominciò ad arrampicarsi.
Ma quando era quasi in cima
Buchettino dette un calcio alla pila
di stoviglie, l'Orco rovinò di sotto e morì.

E Buchettino restò in pace sul suo albero
a mangiare i suoi fichi maturi.
Anzi, c'è ancora, e se passate sotto un albero
di fichi provate a guardare in alto,
lo vedrete: è un bambino piccino piccino.